AF279662

Verlag:
BoD · Books on Demand GmbH,
Überseering 33, 22297 Hamburg, bod@bod.de
Druck:
Libri Plureos GmbH,
Friedensallee 273, 22763 Hamburg
ISBN: 978-3-8192-2895-7

Trinity*

Von einem anderen Stern

Berichte vom Außerirdischen TZTZTZ
an seinen Heimatplaneten, einschließlich
seiner Skizzen.

Sternzeit 3.637.567

Hier gibt es einen großen Kreis, in dem sich
zu einem bestimmten Zeitpunkt immer die
Menschen versammeln.
Dort sitzen sie oder stehen und fangen nach
einiger Zeit immer an, laut zu schreien.
Sie schauen dort Menschen zu, die immer
ein rundes Ding mit dem Fuß von sich
wegschießen.
Anscheinend ist dieses Ding gefährlich.
Derjenige, der es bekommt, will es sofort
wieder loshaben.
Am sichersten fühlen sich die Menschen,
wenn dieses Ding in einem großen Netz
landet.
Dort scheint es ungefährlich zu sein.
Die Menschen sind dann so erleichtert, dass
sie sich um den Hals fallen und zum Weinen
anfangen.
Von diesen Netzen gibt es immer zwei
Stück, wobei immer eins davon besonders
sicher sein muss, weil die Menschen sich,
wenn es dort hineingeht, besonders freuen.
Die Menschen, die dieses Ding mit dem Fuß
bezwingen, scheinen für die anderen

Menschen so etwas wie Götter zu sein.
Sie werden anscheinend für diesen Kampf
besonders ausgebildet.
Die Menschen setzen alle Hoffnungen auf
sie.
Manchmal schaffen es die Götter aber nicht,
das Ding in das besonders sichere Netz zu
schießen.
Dann sind die Menschen voller Angst und
verzweifelt.
Auch dann fangen sie an zu weinen.
Sie schimpfen dann sogar manchmal auf die
Götter, weil sie es nicht geschafft haben, für
sie dieses Ding zu bezwingen.
Wenn die Menschen dann nach Hause
gehen, haben sie immer noch große Angst.
Sie trösten sich aber dann gegenseitig.
Komisch ist nur, dass dieses Ding
anscheinend nur dann gefährlich wird, wenn
viele Menschen sich versammeln, denn ich
habe es schon einmal alleine liegen sehen,
da sah es ganz harmlos aus.

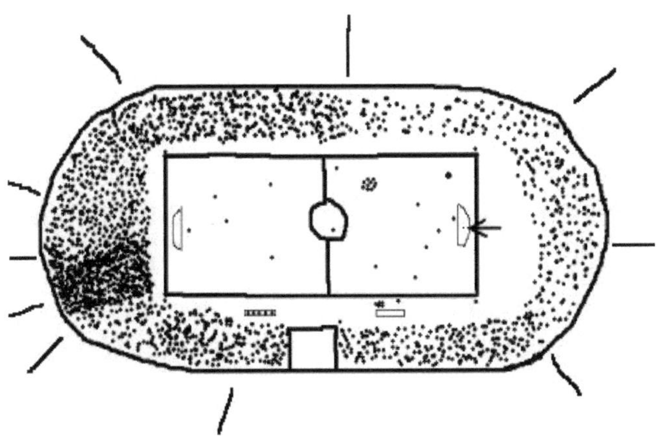

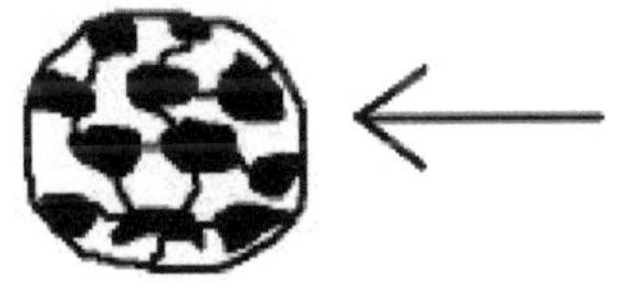

Es gibt auch Menschen, die gezwungen werden sich zu bewegen.

Einmal, als ich über einen großen Kreis geflogen bin, der so ähnlich aussah wie der Kreis mit dem Ding, sah ich dort Menschen sitzen, die den faulen Menschen unten im Kreis zusahen.

Die Menschen unten im Kreis mussten sich dort in einer Linie aufstellen.

Dann hat jemand auf sie geschossen, damit sie zum Laufen anfangen, weil sie sonst zu faul gewesen wären.

Dann sind sie aber gelaufen, als ob irgendetwas hinter ihnen her gewesen wäre.

Als sie dann immer über eine bestimmte Linie gekommen sind, haben sie sich gefreut, dass sie ihre Faulheit überwunden hatten.

Andere in dem Kreis, mussten hüpfen oder springen.

Auf die wurde aber nicht geschossen, sondern jemand mit einer Fahne hat ihnen gedroht, dass sie das machen müssen.

Das hat anscheinend genügt, sonst hätte

wahrscheinlich auch auf sie jemand geschossen.

Mir ist auch aufgefallen, dass die immer alleine waren.

Anscheinend hat der Mensch alleine mehr Angst.

Bei denen wo geschossen wurde, waren es immer Gruppen.

In der Gruppe haben sie wahrscheinlich weniger Angst.

Wieder andere mussten Gegenstände von sich wegwerfen, die ihnen anscheinend nicht gehört haben.

Damit sie sie nicht mehr nehmen konnten, mussten sie diese so weit wie möglich wegschmeißen.

Jemand der es geschafft hatte, so ein Ding ganz weit von sich wegzuschmeißen, bekam dann um den Hals ein Band.

Damit wussten alle anderen, dass er es so weit weggeschmissen hatte, dass er es nicht mehr holen konnte.

Er hat damit den anderen gezeigt, dass er verstanden hat, dass man nicht einfach Dinge nimmt, die einem nicht gehören.

Viele von ihnen weinen dann auch, weil sie

es verstanden haben, dass man keine Dinge
nimmt, die einem nicht gehören.

Sternzeit 3.456.941

Einige fahren zu einem großen Berg, auf
dem so etwas Weißes liegt.
Sie scheinen dort irgendetwas verloren zu
haben.
Sie fahren nämlich immer wieder den Berg
hinauf und wieder hinunter.
Zum Suchen benutzen sie so etwas wie
einen langen Ast mit Griff.
Damit stöbern sie dann in diesem weißen
Etwas herum.
Anscheinend ist das was sie suchen sehr
wertvoll.
Sie ziehen nämlich dabei alle dunkle Brillen
an, damit niemand sieht, wo sie gerade
hinschauen.
Hat einer dann das Wertvolle gefunden,
muss er sehr aufpassen, dass es die anderen
nicht mitbekommen.
Er darf sich auf keinen Fall zu lange an
einer Stelle aufhalten, denn das ist das
Zeichen für die anderen, dass er es gefunden
hat. Sofort kommt dann einer und fährt ihn
um, um das Wertvolle selbst für sich zu
behalten.

Sternzeit 3.876.123

Die Menschen spielen gerne Fangen.
Um dabei schneller zu sein, haben sie sich
etwas gebaut, das vier Räder hat.
In das setzen sie sich dann hinein und sind
dann viel schneller.
Damit jagen sie sich über die ganze Erde.
Anscheinend gibt es auch so etwas wie
Meisterschaften darüber.
Dort fahren diese Dinger mit den Menschen
drin, immer im Kreis.
Wenn einer einen erwischt hat, hat er
gewonnen.
Dann muss er nicht mehr mitmachen.
Anscheinend wird man dabei ganz dreckig.
Am Ende gibt es dann immer für die
Letzten, die keinen erwischt haben, so etwas
wie ein Reinigungsritual.
Dabei werden die Verlierer auf ein Podest
gestellt und sie müssen sich reinigen.
Dabei wird eine große Flasche aufgemacht,
in der ein Reinigungsmittel enthalten ist.
Mit diesem werden dann alle abgesprüht.

2
1
3

Sternzeit 3.234.197

Manchmal geraten die Menschen auch in
Panik. Meistens, wenn viele Menschen
zusammenkommen.
Dann fangen sie plötzlich alle an zu rennen.
Damit dabei niemand verloren geht,
bekommen alle vorher etwas zum Anziehen,
mit einer Nummer darauf.
Wahrscheinlich vergessen sie vor lauter
Panik ihre Namen.
Durch die Nummer kann man sie wieder
finden.
Sie sind dann so panisch, dass sie nicht
mehr mit dem Laufen aufhören.
Einige von ihnen bekommen dabei ganz
blaue und rote Füße.
Andere hören erst auf, wenn sie umfallen.
Bei Rindern habe ich so etwas auch schon
einmal gesehen, doch die hören vorher auf
zu rennen.

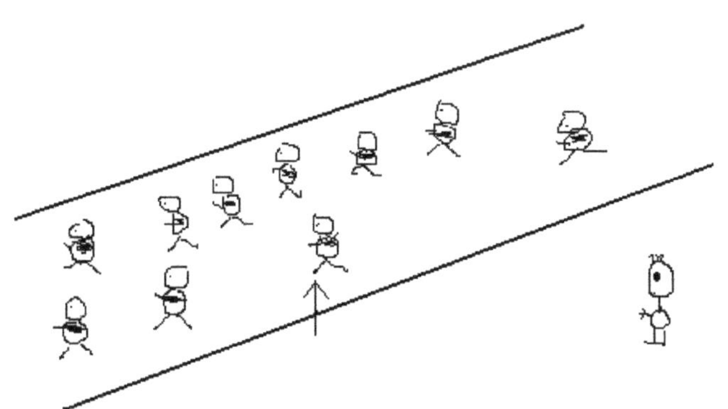

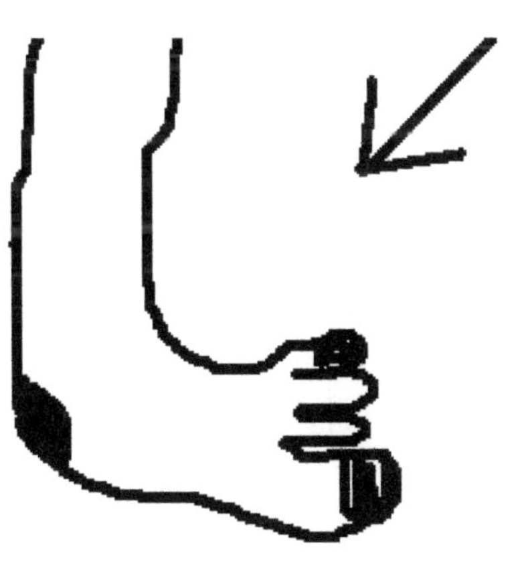

Sternzeit 3.397.167

Hier gibt es auch viele Tiere.
Einige leben mit den Menschen zusammen,
andere nicht.
Die Menschen scheinen die Tiere sehr lieb
zu haben.
Manchmal sehe ich ganz viele Tiere auf
einem großen Haufen.
Auch für die wird sich gesorgt, auch wenn
es so viele sind.
Sie haben sich anscheinend zu schnell
vermehrt, denn sie haben oft überhaupt
keinen Platz mehr, um zu laufen.
Dann wissen die Menschen nicht mehr
wohin mit ihnen und sie fressen sie.
Andere Tiere scheinen sehr böse zu sein.
Sie werden eingesperrt, dass sie den
anderen Tieren nichts mehr machen.
Die Menschen zeigen dann ihren Kindern,
wie böse Tiere ausschauen können.
Doch meistens schauen die Tiere dann ganz
traurig, weil sie wissen, wie böse sie waren.

Sternzeit 3.446.245

Es gibt auf der Erde ganz große
Abrissfirmen, die dafür sorgen, dass die
alten Häuser auf einen Schlag weg sind.
Wahrscheinlich waren sie nicht gut gebaut.
Manchmal reißen sie gleich ganze Städte
ab.
Anscheinend machen sie dabei auch Fehler,
denn ich habe nämlich schon gesehen, dass
sie einige Häuser genau so wieder hinbauen,
wie sie vorher waren.
Solche Firmen sind auch die Reichsten auf
der Erde.
Sie werden immer gebraucht.

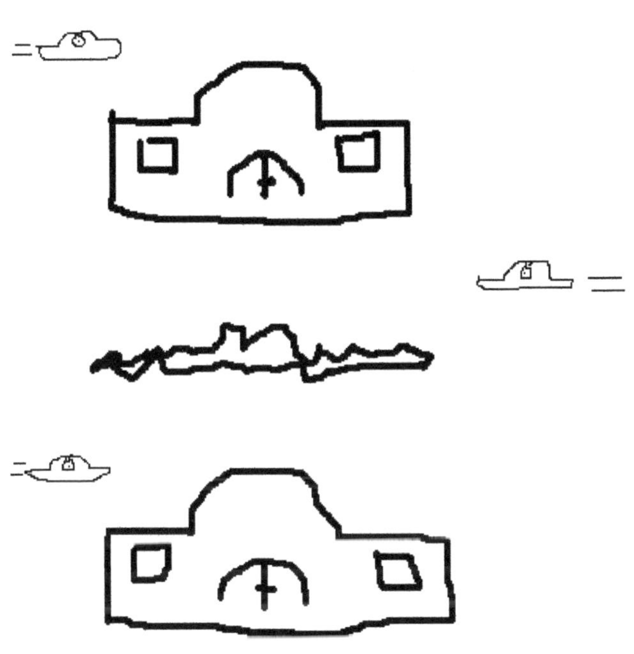

Sternzeit 3.872.724

Die Menschen haben so ein Ding, in das sie
10 Stunden am Tag hineinschauen.
Sie sitzen davor, wie wenn sie schlafen
würden, nur mit offenen Augen.
Bei einigen von solchen Dingern, benutzen
sie auch die Hände, um ein klein wenig in
Bewegung zu bleiben.
Dieses Ding, scheint so etwas wie ihr Gott
zu sein.
Wenn es an ist, haben sie nur noch Augen
und Ohren dafür.
Es steht bei ihnen an erster Stelle. Danach
kommen erst ihre Familienmitglieder.
Man darf sie dabei nicht stören, sonst
werden sie ganz böse.

Sternzeit 3.178.928

Die meisten Menschen können schwimmen.
Die Menschen, die es nicht können, bauen
sich vorne in ihre Brust, Schwimmwesten
ein.
Meistens sind es die Weibchen.
Komischerweise habe ich auch schon
Menschen gesehen, die sie in ihren Po
machen.

Sternzeit 3.982.346

Die Haare der Menschen am Körper
scheinen böse zu sein.
Nur die am Körper, nicht die am Kopf.
Wenn die Menschen, Haare an ihrem
Körper entdecken, werden sie ganz panisch
und sie reißen sie sofort aus ihren Körpern
heraus.
Es gibt auch Menschen, auch hier sind es
meistens die Weibchen, die sind ganz böse.
Weil sie sich schämen, weil sie so böse
waren, legen sie, bevor sie das Haus
verlassen, Farbe auf ihr Gesicht, damit sie
niemand mehr erkennt.
Erst am Abend, bevor sie wieder schlafen
gehen, nehmen sie die Farbe wieder von
ihrem Gesicht, aber nur, wenn sie sicher
sind, dass sie niemand mehr sieht.
Es gibt auch einige, bei denen reicht diese
Farbe nicht mehr aus.
Sie lassen sich ihr ganzes Gesicht
verändern, damit sie niemand mehr erkennt.

Sternzeit 3.978.123

Die kleinen Menschen gehen in so etwas
wie Schulen.
Dort lernen sie, einen halben Tag lang
stillzusitzen und auf jemanden zu hören.
Das scheint für die Menschen ganz wichtig
zu sein.
Es darf sich dort auch keiner mehr bewegen
und etwas sagen, sonst wird er von dem
Großen sofort geschimpft.
Wenn die Menschen dann die Schule wieder
verlassen, haben sie gelernt, still zu sein und
auf jemanden zu hören.

Sternzeit 3.789.234

Die Menschen legen sehr viel Wert auf ihre
Gesundheit.
Da ihnen die Luft auf der Erde zu dreckig
ist, kaufen sich einige täglich so lange
Röhrchen, aus denen anscheinend bessere
Luft kommt.
Sie sind ganz süchtig danach.
Viele können schon gar nicht mehr mit der
normalen Luft atmen.
Sie brauchen immer regelmäßig einen Zug
aus diesem Röhrchen.
Die Luft, die da herauskommt, muss sehr
gesund sein, denn ich habe auch viele Ärzte
gesehen, die es verwenden.
Der Mensch gibt dafür sehr viel Geld aus.
Ihm ist seine Gesundheit sehr wichtig.

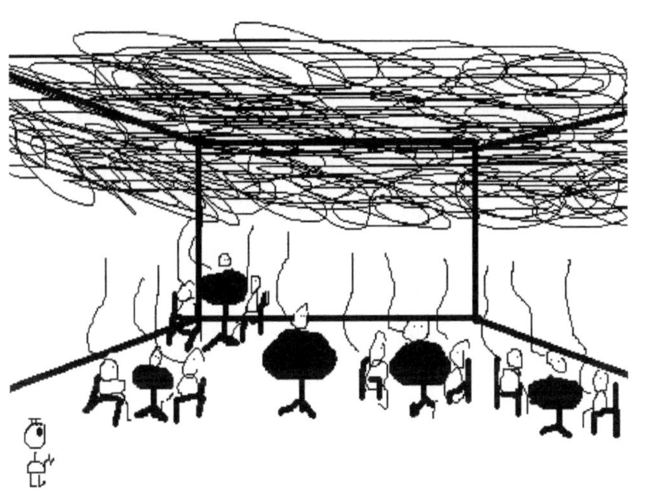

Sternzeit 3.123.975

Auf der Erde gibt es auch so etwas wie
einen Geheimbund.
Die Menschen reden dann in einer
besonderen Sprache, die nur ganz wenige
verstehen.
Dazu müssen sie etwas Bestimmtes trinken.
Nur der, der das getrunken hat, kann in
dieser Sprache reden und versteht dann
auch den, der das getrunken hat. Sie tun
dann immer ganz geheimnisvoll und
stecken ihre Köpfe zusammen.
Anscheinend bereden sie dann ganz
wichtige Dinge, die sie sonst nicht
besprechen könnten. Dass was sie da
besprechen, muss auch ganz wichtig sein,
denn einer wird dann am Ende immer ganz
laut, um das Wichtige, was sie besprochen
haben, allen anderen zu verkünden.
Wenn sie dann alles Wichtige gefunden und
besprochen haben, werden viele von ihnen
ganz müde.
Sie schlafen dann aus Erschöpfung ein.
Anscheinend ist es sehr anstrengend, das
Wichtige zu finden.

Sternzeit 3.778.398

Hier gibt es auch Männer, die ganz böse
sind.
Sie dürfen sich in der Öffentlichkeit nur
bewegen, wenn ganz viele andere Männer,
die alle in Schwarz gekleidet sind, auf sie
aufpassen.
Solche bösen Männer dürfen auch nicht mit
den anderen im Flugzeug fliegen, sondern
sie müssen ganz alleine reisen, damit sie
niemandem etwas tun.
Sie haben auch eigene Häuser, aber auch da
passen die Männer, die schwarz gekleidet
sind, darauf auf, dass die bösen Männer
nicht alleine aus dem Haus gehen.
Sie werden immer bewacht.

Sternzeit 3.889.234

Manchmal, wenn die Menschen anders
ausschauen wollen, damit sie niemand mehr
erkennt, lassen sie sich auch in der
Öffentlichkeit operieren.
Das wird dann im Fernsehen übertragen.
Auch im Operationssaal sitzen viele
Menschen, um sich das anzuschauen.
Der Operationstisch steht in der Mitte, ist
quadratisch und ist mit Seilen eingezäunt.
Es sind immer zwei, die sich gegenseitig
operieren.
Sie bekommen dazu dicke Handschuhe
angezogen, damit sie auch die Stellen
treffen, die operiert werden sollen.
Je mehr sich die Gesichter verändern, je
mehr freuen sich auch die Zuschauer.
Wenn bei einem das Ziel der Verwandlung
erreicht ist, legt sich dieser zu Boden, um zu
zeigen, dass er mit der Verwandlung
zufrieden ist.
Derjenige, der das Gesicht des anderen am
meisten verändert hat, bekommt als
Belohnung einen goldenen Reifen um den
Hals gehängt.

Sternzeit 3.112.238

Es gibt auch ganz arme Menschen auf der
Welt.
Diese Menschen haben fast nichts zum
Anziehen.
Am meisten sind davon die Weibchen
betroffen.
Den Zeitschriften und Zeitungen tun solche
Weibchen so leid, dass sie sie so nackig auf
ihre Blätter drucken, damit die anderen
Menschen sehen, wie arm sie sind.
Die anderen Menschen haben dann mit den
Weibchen so Mitleid, dass sie die Zeitungen
und Zeitschriften kaufen.
Von dem eingenommenem Geld, geben die
Zeitungen und Zeitschriften dann den
armen Weibchen etwas, damit sie sich
wieder etwas zum Anziehen kaufen können.
Manchmal reicht die Kleidung aber nur für
eine Woche, denn ich habe schon einmal
das gleiche Weibchen, eine Woche später,
wieder nackig in einer anderen Zeitschrift
gesehen.

Sternzeit 3.982.467

Damit die Menschen feststellen können,
wann sie wieder einmal baden müssen,
haben sie eine bestimmte Veranstaltung.
Sie schütten dabei in einen großen Kreis
Sand und machen einen Holzzaun herum.
Außerhalb des Holzzaunes sitzen viele
Menschen und schauen bei diesem Test zu.
Dann setzen sich die zu Testenden auf
Pferde, die anscheinend sehr gut riechen
können.
Fängt das Pferd an, wie wild zu hüpfen,
heißt das, dass der Mensch stinkt und baden
muss. Es kommt dabei auch vor, dass die
Pferde die Menschen von ihrem Rücken
wieder herunterschmeißen, weil sie den
Gestank einfach nicht mehr aushalten.
Man kann dabei richtig sehen, wie
erleichtert die Pferde sind, wenn sie die
stinkenden Menschen wieder losgeworden
sind. Sie sind dann ganz entspannt und
hüpfen auch nicht mehr. Ich habe jedoch
bei diesen Veranstaltungen noch keinen
gesehen, der nicht gestunken hat. Vielleicht
sollten die Menschen öfters baden.

Sternzeit 3.552.134

Die Menschen haben auch Firmen, die sich um die frische Luft kümmern.
Diese Firmen werden von den Menschen extra bezahlt, damit sie frische Luft produzieren.
Diese frische Luft kommt aus langen Röhren aus Stein.
Es ist praktisch das Gleiche, wie mit den kleinen Röhrchen, die sich die Menschen extra kaufen, um frische Luft zu haben, nur, dass hier keiner extra die Röhrchen kaufen muss.
Diese Luft ist für jeden da.
Jeder kann sie einatmen.
Durch die frische Luft, die aus den Rohren kommt, wird es auch wärmer auf der Erde.
Das ist ganz gut, dann muss hier niemand mehr frieren.

Sternzeit 3.889.445

Es gibt auch Menschen, die sich zu klein
fühlen.
Meistens sind es die Weibchen.
Sie machen sich dann an ihre Füße so
Dinger mit kleinen Hölzern oder so etwas
Ähnlichem daran, damit sie größer werden.
Sie können dann zwar nicht mehr so gut
laufen und rennen, aber das scheint ihnen
egal zu sein.
Ich habe auch schon einige gesehen, die
haben sich deshalb die Füße gebrochen.

Sternzeit 3.445.234

Manchmal helfen sich die Menschen auch, gegenseitig einzuschlafen.
Dabei haben sie ganz unterschiedliche Methoden.
Oft verwenden sie dazu ein Ding, das sie so komisch auf den anderen richten.
Dann gibt es einen lauten Knall und der andere ist eingeschlafen.
Den Menschen macht es so viel Freude, anderen beim Einschlafen zu helfen, dass immer mehr Menschen so ein Ding haben wollen.
Wenn sie so ein Ding dann haben, sind sie ganz stolz und zeigen es jedem.

Sternzeit 3.233.673

Hier gibt es auch Tiere, die stehen über den
Menschen.
Meistens sind es Hunde.
Diese Hunde sind dann der Chef bei den
Menschen.
Sie bestimmen, wo es lang geht.
Da viele von diesen Hunden starke Zähne
haben, mit denen sie beißen können, haben
die meisten Menschen auch Angst vor
ihnen.
Wenn solche Tiere auf der Straße laufen,
sieht man genau, wer der Chef ist.
Die kleinen Menschen müssen sich dann
ganz ruhig verhalten, sonst wird der Hund
böse und beißt den kleinen Menschen.
Das ist aber egal. Es haben schon viele
Hunde, Menschen gebissen.
Der Hund ist bei den Menschen eben nun
mal der Chef.
Das sieht man auch daran, dass der Hund
überall wo er will, seine Exkremente
hinmachen darf.
Die anderen Menschen müssen sich den
Exkrementen unterordnen.

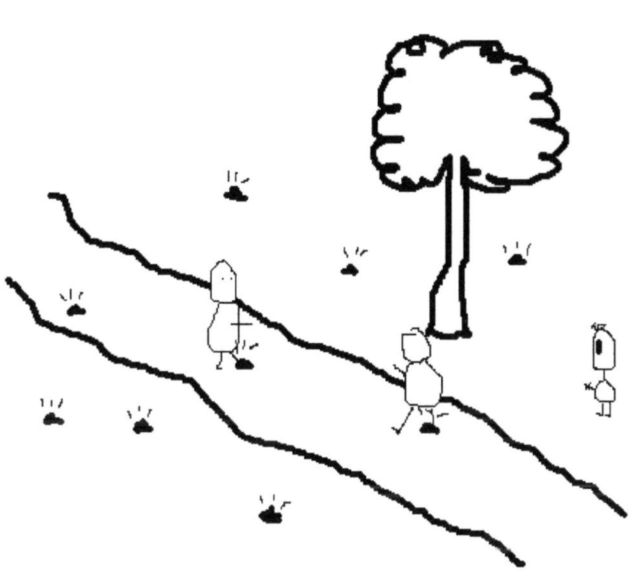

Sternzeit 3.984.323

Die Menschen lieben auch die Katzen sehr.
Sie bauen für diese Tiere extra große
Sandkästen, damit diese dort ihre
Exkremente hineinmachen können.
Ab und zu dürfen die kleinen Menschen
auch im Sandkasten damit spielen.
Aber nur, wenn sie die Katzen dabei nicht
stören.

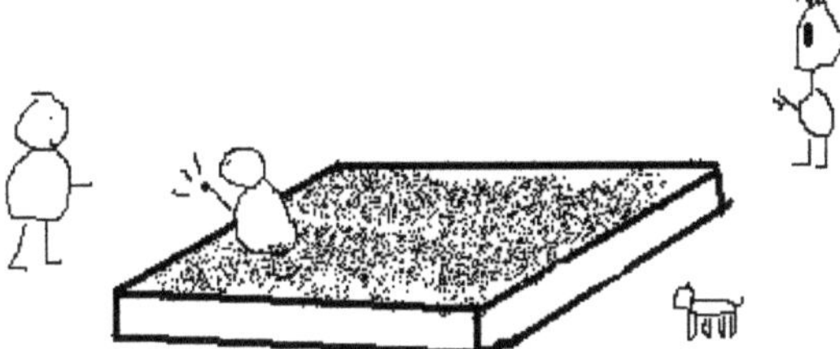

Sternzeit 3.309.983

Die Menschen sind auch immer ganz stark
bemüht, ihre Umwelt noch schöner zu
machen.
Wenn ihnen zum Beispiel die Farbe eines
Flusses nicht gefällt, schütten sie etwas
hinein, damit er schöner wird.
Das Gleiche machen sie auch beim Meer.
Manchmal freuen sich die Fische so sehr
über diese Veränderung, dass sie ganz oben
schwimmen und jedem Menschen guten
Tag sagen, der vorbeikommt.

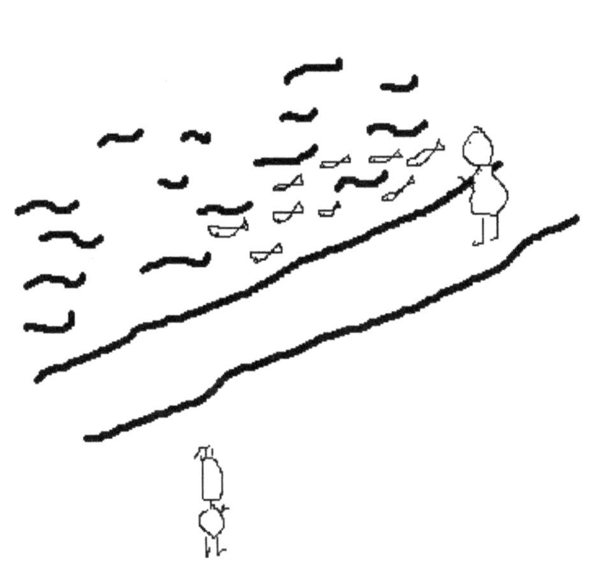

Sternzeit 3.987.342

Es gibt auch Tiere, die lassen sich extra für
die Menschen ein Fell wachsen.
Wenn die Tiere dann groß genug sind,
geben sie ihr Fell den Menschen, damit sie
nicht mehr frieren.
Manchmal reicht so ein Fell für einen
Menschen nicht, weil die Tiere kleiner sind.
Dann tun sich die Tiere zusammen und
sammeln so lange für die Menschen ihre
Felle, bis es für einen Menschen reicht.
Die Menschen sind dann ganz dankbar,
denn sie müssen dann im Winter nicht mehr
frieren.

Sternzeit 3.234.637

Die Eltern lieben ihre Kinder sehr.
Sie machen alles, damit sie glücklich sind.
Will zum Beispiel ein Männchen ein
Weibchen heiraten und die Eltern wissen
genau, dass er sie dabei nur unglücklich
macht, versuchen sie mit allen Mitteln, die
Hochzeit zu verhindern.
Sie geben dem Männchen alles, was sie
haben.
Ihr Geld, Schmuck und Geschenke, nur dass
er sie nicht heiratet und unglücklich macht.
Meistens jedoch nimmt das Männchen die
ganzen Geschenke und heiratet das
Weibchen trotzdem.
Die Hochzeit ist dann ganz traurig und alle
weinen.

Sternzeit 3.234.968

Wenn die Menschen ganz wertvolle Dinge
haben, dann stellen sie diese in großen
Gebäuden aus.
Dort kommen dann ganz viele Leute hin
und schauen sich die Sachen an.
Die Menschen sind dann ganz begeistert
und bewundern diese Sachen.
Man kann diese Sachen auch kaufen.
Meistens kosten sie sehr viel Geld.
Die Menschen nennen solche Sachen
„moderne Kunst“.
Manchmal finden solche Ausstellungen
auch draußen statt.
Dann sammeln die Menschen die „moderne
Kunst“ auf ganz großen Haufen.
Damit die Menschen sich in dem großen
Haufen die „moderne Kunst“ besser
anschauen können, bekommen sie einen
großen gelben Bagger, mit einer Schaufel
dran.

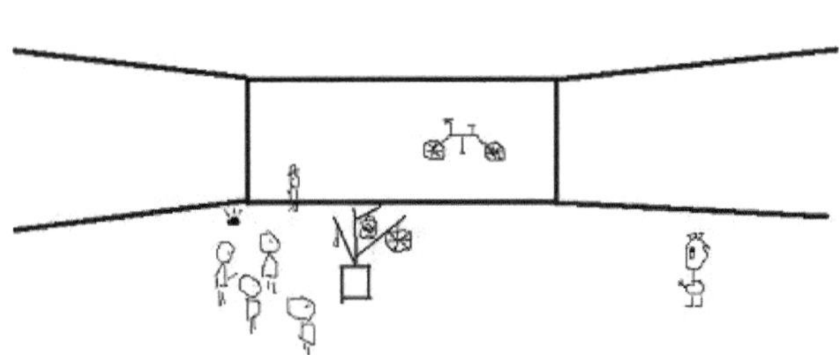

Sternzeit 3.112.242

Es gibt auch Menschen, die machen ganz
viele Schulden.
Die anderen Menschen sind dann ganz böse
auf sie und schreien sie immer an, wenn sie
sie sehen.
Manchmal stehen die Menschen, denen der
andere Mensch etwas schuldet, vor dessen
Haus und sie schreien ganz laut, bis er
herauskommt.
Wenn er dann herauskommt, muss er so
etwas wie Schuldscheine unterschreiben
und ein Beweisfoto von sich und den
anderen darauf machen lassen, damit die
Menschen, denen er etwas schuldet, allen
anderen zeigen können, dass er die
Schuldscheine auch unterschrieben hat.
Manchmal sind es bis zu einhundert
Menschen und mehr, denen er etwas
schuldet.
Diese Menschen tun sich dann zusammen
und überlegen gemeinsam, wie sie es
schaffen, dass dieser Mensch auch die
Schuldscheine unterschreibt.
Viele von ihnen reisen diesem Menschen

auch hinterher, so haben sie noch mehr
Chancen, dass dieser Mensch die
Schuldscheine auch unterschreibt.
Bei einigen Menschen hat dieser Mensch
mehrere Schulden.
Die Zeitungen und Zeitschriften helfen den
Menschen dabei, diesen Menschen auch zu
finden.
Er hat keine Chance sich zu verstecken.
Sie berichten den anderen Menschen immer
ganz genau, wo sich dieser Mensch gerade
aufhält.
Sie machen dann auch immer gleich ein
Beweisfoto, damit die anderen Menschen
auch wissen, dass es der Mensch ist.
So können die Menschen, denen dieser
Mensch etwas schuldet, ihn immer sofort
finden.
Es ist sehr lieb, von den Zeitungen und
Zeitschriften, dass sie den Menschen dabei
helfen, ihre Schulden einzutreiben.
Sie berichten auch über alles, was diesen
Menschen betrifft.
Ich habe sogar schon gelesen, dass sie
schreiben, was für eine Unterhose er anhat.
Vielleicht ist es ja eine, die er einem

anderen schuldet.

Die Zeitungen und Zeitschriften haben richtige Profis, die immer herausfinden, wo sich dieser Mensch gerade befindet und was er gerade macht.

Ich glaube, sie nennen so etwas „Geheimdienst".

Diesem „Geheimdienst" entkommt keiner, der einmal anfängt, den Menschen auf der Erde etwas zu schulden.

Manchmal schaut es fast so aus, als ob solche Menschen bei den Zeitungen und Zeitschriften, die größten Schulden haben.

Sternzeit 3.234.790

Manchmal gibt es Menschen, die machen in diesem Ding, wo der Mensch immer hineinschaut, Dinge vor, die der Mensch dann nachmacht.
Oft bewegen sie dann ihre Körper so komisch und fangen an, schneller zu atmen.
Sie legen sich dann zum Beispiel auf den Boden und heben ihr Bein immer hoch und runter.
Manchmal hüpfen sie auch.
Einige werden dabei ganz rot im Gesicht.
Manchmal sind es auch zwei, die in diesem Ding etwas vormachen.
Die sind dann ganz nackig.
Wahrscheinlich, weil sie sich dann besser bewegen können.

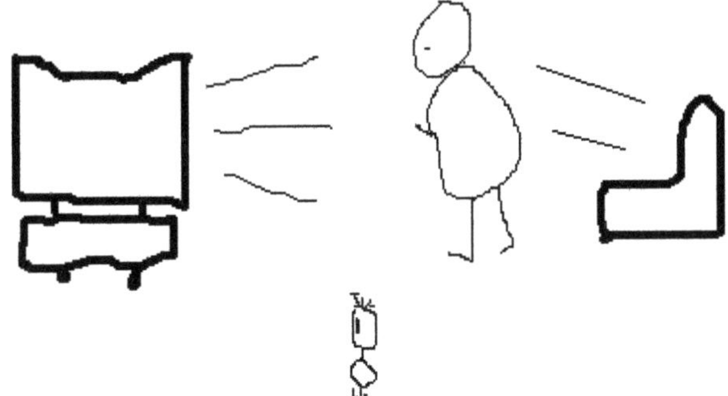

Sternzeit 3.009.389

Wenn die Menschen, Schmerzen an ihrem
Knochengerüst haben, dann helfen sie sich
gegenseitig.
Hat zum Beispiel jemand seinen Wirbel
ausgerenkt, dann schmeißt ihn ein anderer
quer durch die Luft.
Beim Aufprall auf den Boden renkt sich der
Wirbel wieder ein.
Manchmal muss sich der Heiler auch mit
seinem ganzen Gewicht auf den Patienten
fallen lassen, damit sich die Knochen
wieder einrenken. Viele Menschen schauen
bei so einer Knocheneinrenkung zu.
Sie sitzen dabei um den
Knocheneinrenkungsplatz und schreien bei
jedem Knochen, der eingerenkt wird.
Sie wollen wissen, wie das geht, damit sie
es zu Hause nachmachen können.
Die Einrenker haben meistens Masken auf,
damit sie der Einzurenkende nicht erkennt,
um sich später bei ihm zu beschweren, denn
das Einrenken scheint sehr weh zu tun, weil
sie dabei immer ganz laut schreien.

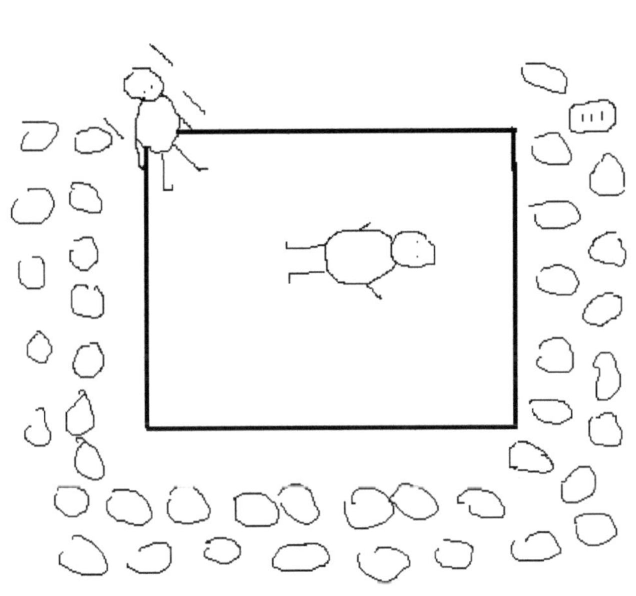

Sternzeit 3.236.119

Wenn die Menschen die Lebensmittel nicht umändern würden, könnten sie diese nicht essen.
Da das Obst und das Gemüse für die Menschen in ihrem Urzustand ungenießbar sind, verändern sie es so, dass sie es essen können.
Dazu waschen sie alle Giftstoffe aus den Lebensmitteln heraus.
Die Pflanze wird dafür schon von Anfang an behandelt.
Während ihres ganzen Wachstums wird sie immer wieder eingesprüht, bis alle Giftstoffe aus ihr entfernt sind.
Danach wird sie in ihrer Form so verändert, dass kein Mensch mehr ihre ursprüngliche Form erkennen kann.
So wissen die Menschen nicht mehr, was das für eine Pflanze war und werden auch nicht mehr an ihre ursprüngliche Giftigkeit erinnert.

Sternzeit 3.668.872

Die Menschen haben sich Ruheoasen gebaut, an denen sie sich immer regelmäßig treffen. Diese Orte sind die Einzigen, an denen sie sich aufhalten, ohne vorher etwas geplant zu haben. Hier können sie ganz entspannen. Manche hören das erste Mal wieder richtig Musik. Andere nehmen sich wieder einmal richtig Zeit zum Essen. Andere nutzen diese Oasen, um wieder einmal miteinander zu sprechen. Es ist sehr schön, das zu beobachten. Auch für ihre Kinder haben sie an diesem Ort viel mehr Zeit und hören ihnen auch mal wieder richtig zu. Es werden Geschichten erzählt und Erfahrungen ausgetauscht, wie schon lange nicht mehr.

Der ganze Ort ist in eine wunderbare Ruhe getaucht. Die Menschen nehmen sich dabei wirklich Zeit. Manchmal sogar bis zu einem halben Tag. Sie sitzen dabei alle hintereinander in den Dingern mit Rädern dran. Von oben schaut es wie eine Schlange aus. Manchmal ist diese Schlange bis zu 150 Kilometer lang.

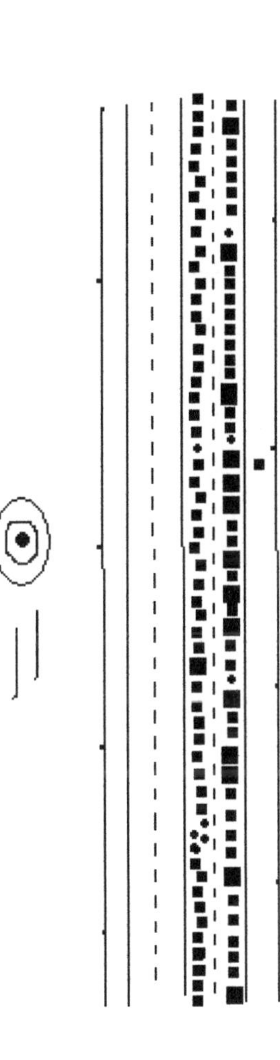

Sternzeit 3.445.912

Wenn die Menschen auf die Welt kommen,
haben sie manchmal dunkle Flecken auf der
Haut, die sie Muttermale nennen.
Manche Menschen finden diese Muttermale
sehr hässlich.
Deshalb legen sie sich in die Sonne, damit
sie ganz braun werden, damit man diese
Muttermale nicht mehr sieht.
Je schwärzer die Haut wird, je weniger sieht
man dann diese dunklen Flecken.
Manchmal schaffen es die Menschen, fast
so schwarz zu werden wie diese Flecken.
Dann sind sie ganz glücklich.

Sternzeit 3.885.123

Normalerweise lernen die Menschen zu
Hause sprechen oder in der Schule.
Wenn sie aber sehr faul sind, müssen sie,
wenn sie größer sind, noch einmal in die
Schule, um besser sprechen zu lernen.
Dafür gehen sie in extra große Schulen.
Sie müssen dafür auch Geld bezahlen.
Ganz vorne steht dann ein Lehrer, der ihnen
die Worte beibringt, die sie bis dahin noch
nicht gelernt haben.
Er benutzt dafür ein Mikrofon und steht auf
einer großen Bühne.
Das ist auch notwendig, da es meistens ganz
viele Schüler sind und sie ihn sonst nicht
hören würden. Dort spricht er dann die
Worte, die gelernt werden müssen.
Die Schüler müssen diese Worte dann
wiederholen. Oft benutzt der Lehrer dazu
auch eine Melodie, die die Schüler dann mit
diesen Worten wiederholen müssen.
Ich habe schon einmal einen
Massenunterricht gesehen, da waren es über
30.000 Menschen auf einmal, die neue
Wörter lernen mussten.

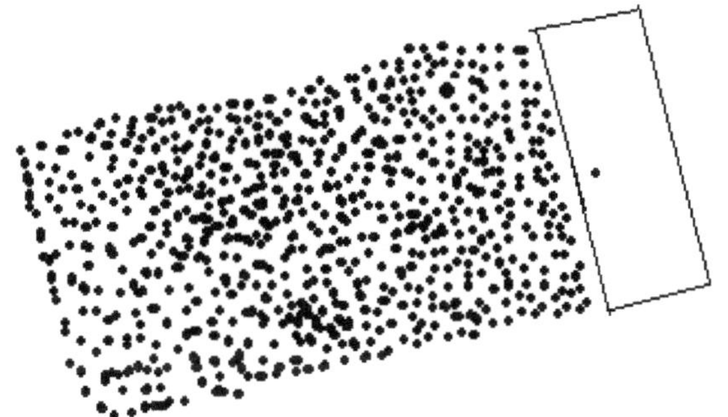

Sternzeit 3.776.956

Die Menschen machen immer wieder das
Gleiche.
Ich habe einmal beobachtet, wie ein Schiff
gegen einen Eisberg gefahren ist.
Dabei sind viele Menschen ertrunken.
Anscheinend haben die Menschen daraus
aber nichts gelernt, denn vor kurzem haben
sie das gleiche Schiff, mit demselben
Namen, wieder gegen einen Eisberg fahren
lassen.
Dabei sind auch wieder viele Menschen
ertrunken.
Manche haben sogar genauso ausgeschaut,
wie bei dem ersten Schiff.

Sternzeit 3.277.112

Immer wenn der Mensch unglücklich ist,
isst er.
Die Menschen essen fast alles, was ihnen in
die Finger kommt.
Wenn sie etwas gegessen haben, sind sie
wieder glücklich.
Da der Mensch dabei aber nicht zu dick
werden will, essen immer mehr Menschen
auf der Erde nur noch Bonbons.
Diese Bonbons sind für alles gut.
Sie machen den Menschen glücklich, wenn
er sie isst.
Sie sind für den ganzen Menschen gut.
Sie enthalten alles, was der Mensch zum
Leben braucht.
Wenn dem Menschen zum Beispiel sein
Körper weh tut oder seine Seele, isst er von
diesen Bonbons und es geht ihm wieder gut.
Fast alle Menschen auf der Erde essen nur
noch diese Bonbons.
Sie sind die Hauptnahrungsquelle der
Menschen und machen jeden glücklich der
sie isst.

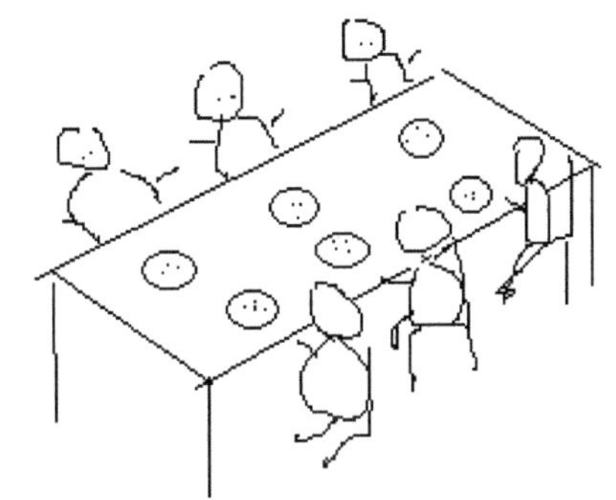

Sternzeit 3.884.243

Wenn die Menschen verspannt sind, gibt es
für sie extra eingerichtete
Entspannungszentren.
Dies sind Gebäude, die in der Mitte einen
großen Raum haben, in dem sich die zu
Entspannenden aufstellen.
Dann wird ganz laut Musik gemacht.
Durch die Lautstärke, fängt erst der Boden
und dann die Menschen an zu vibrieren.
Dadurch wird ihre gesamte Muskulatur
gelockert und sie sind wieder entspannt.
Manchmal ist die Musik auch so laut, dass
die Menschen ohne etwas zu machen, zum
Hüpfen anfangen.
Dadurch wird ihre Muskulatur noch besser
gelockert.
Wenn sie dann nach Hause gehen, sind sie
so entspannt, dass sie oft gar nicht mehr
hören, was die anderen zu ihnen sagen.

Sternzeit 3.112.777

Wenn die Menschen böse waren, werden sie von den anderen Menschen bestraft.
Sie müssen dann über einen langen Laufsteg gehen und alles anziehen, was man ihnen gibt.
Dort habe ich schon alles gesehen, was man sich nur vorstellen kann.
Von Tierköpfen, bis zu Bienenstöcken.
Die Menschen, die da laufen, dürfen sich nicht wehren.
Oft müssen sie sogar mehrmals auf diesen Laufsteg und unterschiedliche Bestrafungsgegenstände anziehen.
Dies machen die Menschen zur Abschreckung, damit andere nicht auf die Idee kommen, auch böse zu werden.

Sternzeit 3.888.222

Manchmal bekommen die Tiere in einem
großen dunklen Wald auch Angst.
Damit die Tiere nicht mehr so viel Angst
haben, reißen die Menschen die Bäume für
sie aus.
Dann wird es für sie heller und sie müssen
sich in dem großen dunklen Wald nicht
mehr so fürchten.

Sternzeit 3.998.223

Hier gibt es auch Menschen, die verkleiden
sich als Hunde.
Man kann sie dann überhaupt nicht von den
anderen Hunden unterscheiden.
Sie haben sogar ihre Stimme wie ein Hund
verändert.
Das Einzige, woran man erkennen kann,
dass es in Wirklichkeit keine Hunde sind,
sondern Menschen, ist ihre Kleidung.
Diese Hundemenschen, haben schönere
Kleidung an, als die meisten anderen
Menschen.
Auch zum Essen bekommen sie viel bessere
Sachen, als der Rest der Menschheit.
Einige haben sogar einen eigenen
Chauffeur.

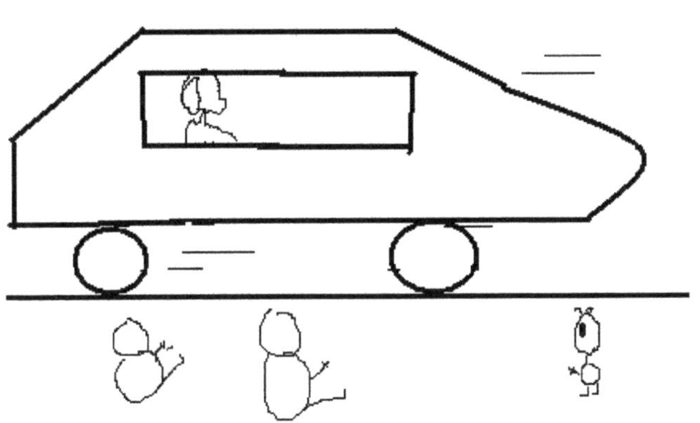